Cartas de um caçador

Horacio Quiroga

CARTAS DE UM CAÇADOR

Tradução
Wilson Alves-Bezerra

Ilustrações
Carlos Clémen

livros da ilha
ILUMI//URAS

livros da ilha
Copyright © 2007 desta edição e tradução
Editora Iluminuras Ltda.

Capa e ilustrações
Carlos Clémen

Revisão
Lucia Brandão
Alexandre J. Silva

DADOS INTERNACIONAIS DE CATALOGAÇÃO NA PUBLICAÇÃO (CIP)
(Câmara Brasileira do Livro, SP, Brasil)

Quiroga, Horacio, 1878-1937.
 Cartas de um caçador / Horacio Quiroga ; tradução Wilson Alves-Bezerra ; ilustrações Carlos Clémen. — 1. ed. São Paulo : Iluminuras, 2007.

Título original: Cartas de un cazador
ISBN 978-85-7321-268-6

1. Contos - Literatura infanto-juvenil
I. Clémen, Carlos. II. Título

07-5717   CDD-028.5

Índices para catálogo sistemático

1. Contos : Literatura infantil   028.5
1. Contos : Literatura infanto-juvenil   028.5

ILUMI/URAS
desde 1987
Rua Salvador Corrêa, 119 - 04109-070 - São Paulo/SP - Brasil
Tel./ Fax: 55 11 3031-6161
iluminuras@iluminuras.com.br
www.iluminuras.com.br

Índice

Pólvora pura:
a quem se destinam as cartas do caçador 9
Wilson Alves-Bezerra

Cartas de um caçador

O homem diante das feras 17
Caça da onça 21
A caça do tatu canastra 29
A caçada do jacaré 37
Caçada da cobra cascavel 45
O homem caçado pelas formigas 53
Os bebedores de sangue 61
Os filhotes do lobo-guará 69
O condor 77
A caçada do gambá da Patagônia 85

Pólvora Pura:
a quem se destinam as
cartas do caçador?

Wilson Alves-Bezerra

Para o leitor contemporâneo — entenda-se com isso globalizado, politicamente correto, ecologicamente correto —, a leitura das Cartas de um caçador *(1922-1924) pode causar estranheza, por trazerem à tona contradições. Contradições do tempo do autor e do nosso.*

Isso foi uma constante na obra do uruguaio Horacio Quiroga (1878-1937), que começou sua carreira literária aos dezenove anos de idade, ainda no final do século XIX, dirigindo uma revista em parceria com seus amigos no interior do Uruguai, a Revista del Salto, *na qual provocavam os leitores com seus versos decadentistas, influenciados por Edgar Allan Poe, Leopoldo Lugones e Charles Baudelaire. Se aquele impulso inicial foi pouco duradouro — o semanário durou apenas vinte números —, e muitos dos companheiros de Quiroga logo tomaram outros rumos mais sérios, tornando-se advogados ou médicos, o mesmo não ocorreu com Quiroga, que ainda criaria polêmicas por seus próximos cinquenta anos de vida pelos lugares por onde passaria: Buenos Aires, Chaco e Misiones. E assim até o episódio final, quando, ao ver-se vencido pelo câncer que trazia em sua próstata, sai do Hospital das Clínicas de Buenos Aires, onde está internado, para uma caminhada matinal, vai a uma farmácia e solicita ao farmacêutico cianureto "para se suicidar". Assim o faz, e o epílogo nos é narrado por seu companheiro Cesar Tiempo:*

> *(...) Não me recordo muito bem se fui nesta mesma noite ou na manhã seguinte [ao velório]. O que me lembro perfeitamente é que me encontrei na rua com Leopoldo Lugones e que entramos juntos. Não havia mais ninguém lá. Nos aproximamos do ataúde e ficamos por um longo período em silêncio. O rosto de Quiroga, talvez devido à icterícia provocada pela intoxicação, parecia pintado de um amarelo intenso, e sorria provocativamente. Um sorriso de causar estrago. Dava a impressão de estar rindo de todos nós, diabolicamente grato a esta fanfarrice desconcertante, como se estivesse se fazendo de morto sem ter morrido. Antes tivesse sido uma farsa, por mais macabra que fosse. Mas Quiroga estava morto e bem morto. Não havia se suicidado por impulsos de desencanto, e muito menos de megalomania ("quem se atreve a matar-se é Deus", havia lido em Dostoieviski), mas sim porque soube pelos lábios de um dos médicos que o assistiam que seu mal não tinha remédio. Lugones disse-me então: "— Eu ainda não consigo acreditar. Um homem tão forte matar-se com cianureto. Como uma empregada doméstica." (Tiempo, 1970)*

Assim, a longa provocação que foi a vida de Quiroga, cuja narrativa acima parece confirmar, tem nas Cartas de um caçador *mais um capítulo, este dedicado à literatura infantil. Trata-se do segundo volume de contos do autor dirigido às crianças, o outro,* Contos da selva *(Iluminuras, 2007), de natureza bastante diversa, é composto de oito fábulas; já este, tem nas cartas do pai-caçador a seus jovens filhos o seu elemento unificador. E se o volume das fábulas marcava-se pela ausência de um conteúdo moralizante, este outro revela-se por algo diferente. Pois aqui, o pai — ausente pela própria natureza de sua profissão — vai não só registrando à maneira de diário suas aventuras na selva para dirigi-las aos filhos, como também preocupa-se em ensinar-lhes algo sobre a vida: a importância da experiência e a natureza do ofício do caçador. Isto se traduz em conselhos práticos como o modo de viver dos animais, a maneira de identificar se uma carteira é mesmo de couro de cobra, a vida das formigas carnívoras, como proceder ao escutar os guizos de uma cascavel, enfim, um manual de sobrevivência para quem se ocupa da selva como vida cotidiana.*

E o caçador orgulha-se a tal ponto de sua profissão, que assume em seu pseudônimo sua identificação com a bala explosiva que usa em seu dia a dia: Dum Dum. Dum Dum é o homem que mata por necessidade, mas também por medo, nalgumas vezes por prazer, e noutras tão somente por hábito. Não esperará o leitor, de um caçador, a piedade hollywoodiana de sessão da tarde, mas encontrará uma piedade de outra ordem quando, diante da fera agonizante, o caçador vê um animal indefeso e não consegue pensar mais no instinto de caça do homem (em "Os bebedores de sangue"), e aí não há redenção ou intervenção do destino que reverta a fatalidade. São momentos como este que fazem das Cartas de um caçador *uma lição de humanidade, no sentido alto, o que inclui também, é certo, a contradição.*

A divisão — ou contradição — pode ser detectada no binômio natureza e cultura, presente com força na feitura desses contos (e de modo bastante orgânico nos Contos da selva*). Os contos de Quiroga são produzidos no coração da selva — ou sob seu efeito —*

e enviados para publicação em Buenos Aires; aproveitando-nos da imagem de David Viñas, representavam "seu malditismo emitido semanalmente para os suplementos dos jornais La Nación *e* La Prensa*" (Viñas, 1982: 57). Quiroga sempre se alimentou — no sentido mais denotativo do termo — da publicação, na capital argentina, de suas experiências literárias excêntricas e fronteiriças, com as quais, por sua vez, alimentava o público burguês citadino. Tal qual o caçador que à custa de sua agressividade e dos riscos a que se expõe, alimenta-se da venda das presas, do couro, das peles, das plumas dos animais que preda, com as quais, uma vez mais, alimenta o bom gosto da civilização urbana.*

Ao leitor de hoje restaram os zoológicos e as contradições que estas cartas parecem nos trazer. Cada um dos animais, que são personagens dessas cartas, tem garantido para si em qualquer zoológico uma jaula de alguns metros quadrados, quantidade equivalente de ração e um tratador à sua disposição. As feras que nos são descritas — a suçuarana, a onça pintada, o jacaré, as cobras assassinas, o tatu canastra, as formigas carnívoras — hoje se encolhem em suas jaulas dos zoológicos. Seria então o caso de se perguntar: os ensinamentos desse caçador, aos olhos do feitor contemporâneo — aquele caracterizado já no início desta apresentação — tornaram-se anacrônicos?

Que poderiam significar o correr do tempo, e os slogans de defesa da natureza à luz destes contos de Quiroga? Diz-nos o narrador em sua introdução à série de cartas, que elas se dirigem às crianças, que as devem ler por si mesmas, e que o caçador-autor teve inclusive um grande cuidado com a linguagem para que as crianças pudessem prescindir dos pais na leitura: espelhismo ineludível, pois o pai estava longe, na guerra com os animais, entre peles, presas e cartas ensanguentadas.

O mesmo caçador que mata é o que infantilmente frustra-se ao tentar criar uma ninhada de filhotes de jaguatirica, que tem um amigo morto nas mãos pela aventura vã de capturar filhotes de condor para o zoológico de Buenos Aires e que mata a cobra que o assediava há pouco. "A mão que afaga é a mesma que apedreja" diz Augusto dos Anjos nos seus Versos íntimos.

Assim, as cartas do caçador põem em cena a contradição do homem em sua singularidade — sobredeterminado por suas necessidades e por suas paixões. Como ignorar o prazer de chegar ao fim de um arriscado trabalho, o de alcançar da caçada o seu objeto máximo, a presa abatida? A caçada em Quiroga pode ser lida numa chave simples: o homem é um animal que caça e que transforma em objeto de beleza o fruto de sua caçada, que encontra o sentido do belo no próprio ato da perseguição e do abate. E estas cartas do caçador são exatamente isso, a celebração de uma perseguição tornada obra de arte.

A caçada torna-se estética, dado que o conteúdo da carta de Dum Dum aos filhos não é meramente informativo; narrar a caça é fazer-se grande — mesmo à distância — aos filhos, é mostrar--lhes que não sucumbiu, é transformar natureza e instinto em arte. Em Quiroga não há a solução pacifista de hoje em dia, esta sim anacrônica no contexto do autor, há sim uma comunhão entre homens e animais, mas esta dá-se ao preço do sangue de ambos (como em "A caçada da onça").

Diante das feras abatidas, ou do caçador atônito diante do ataque das formigas (de "O homem caçado pelas formigas"), o leitor contemporâneo talvez se pergunte se tal guerra era mesmo necessária, ao que se deve prontamente responder que naquele contexto não se coloca a solução pacifista, dado que a noção de preservação advém da percepção da natureza destruída, muito menos pelas mãos do caçador do que pelo desenfreado avanço do projeto urbano e capitalista. Quem traz a noção da preservação é o zoológico, o Simba Safari, a mídia, mas neste momento o animal já está assimilado. Haver animais selvagens e homens menos urbanizados é haver combate, isso é o que as cartas do caçador vêm nos dizer.

Zoológico é natureza assimilada, é cultura, portanto. Daí a necessidade das cartas de Dum Dum serem escutadas, pois é aí que está a natureza dos bichos e a natureza do homem, não nas jaulas.

São Carlos, verão de 2006

Cartas de um caçador

O homem diante das feras

Todas as histórias, e algumas extraordinárias, que vocês vão ler com este título são o relato fiel das caçadas de um conterrâneo nosso em todas as selvas, desertos e mares do novo e do velho mundo.

O que o leitor destas histórias vai notar primeiro são as expressões bem familiares a seus ouvidos, que usa em seus relatos o caçador. Mas isto porque as histórias foram contadas por carta a umas pequenas crianças pelo seu próprio pai, que as escreveu para ser perfeitamente compreendido.

Exatamente como ele os enviou a seus filhos serão estes relatos, para os quais não faltam aventuras terríveis, como aquela em que o homem enlouquecido de pavor foi perseguido durante duas horas mortais por uma imensa serpente da Índia; nem faltam aventuras divertidíssimas, como as que aconteceram durante uma noite e um dia inteiros, perseguindo um tatu canastra de um metro de comprimento pelos campos de Formosa.

Nós, que devoramos uma por uma estas cartas, sabemos o que aguarda aos garotos e garotas que lerem *por si mesmos* estas histórias de caça. E se fazemos esta advertência é porque quase nunca a linguagem das histórias para crianças é adaptada ao pequeno conhecimento do idioma que elas têm.

É sempre necessário que os adultos leiam os contos para as crianças, explicando passo a passo as palavras e expressões que os garotos de catorze anos já sabem, mas que os meninos de seis a dez anos ainda ignoram.

Quem escreveu estas cartas foi um pai, e as escreveu a seus dois filhinhos, na mesma linguagem e no mesmo estilo que teria se estivesse falando diretamente com eles. Se nos enganamos ao pretender chegar até eles sem *intermediários*, paciência; se não, nos alegraremos vivamente de ter tentado e conseguido.

Várias destas cartas estão manchadas com sangue. Muitas delas não estão escritas nem em papel, nem em trapos, nem mesmo em couro: possivelmente em folhas de árvores ou placas de mica.

Há uma carta na qual não dá para ler nada, mas se você passar sobre ela um ferro quente, então as letras aparecem.

Duas cartas, escritas às margens do rio Araguaia, estão envenenadas: seriam suficientes para matar várias pessoas.

Numa delas, no fim, falta a metade; a outra metade ficou na boca de um enorme urso cinzento da América do Norte, ou seja, o grizzly, que é a fera mais temível para o homem.

Como se vê, não falta variedade nessas cartas. E isso se explica pelas condições adversas e muitas vezes angustiantes em que foram escritas.

Sempre, ou, pelo menos, sempre que conseguiu, o caçador escreveu para seus filhos depois de resistir a uma destas sangrentas lutas. Mas, mesmo que o pai não insista muito nos detalhes terríveis, para não agitar muito a imaginação das pequenas crianças, que angústias, que horrores, que alegrias não estão ocultos nesta carta pesada de sangue, nessa outra perfurada pelas presas de uma cascavel e naquela outra escrita sob a embriaguez venenosa que produz o mel de certas abelhas selvagens! Muitas vezes o homem escreveu à noite, ao relento, sob a luz da sua lanterna, que iluminava o papel e a mão talvez enfaixada que tremia ao escrever as palavras. Em outras noites, quando a chuva e o vento sacudiam furiosamente a lona da barraca, talvez o caçador, sem pilhas na lanterna, e tremendo de malária, escreveu estas cartas sob o brilho esverdeado de dois vaga-lumes ou grandes bichos de luz dos países quentes.

Terríveis penúrias passou esse caçador, mas graças a elas seus filhos se criaram saudáveis, contentes e alegres, porque nos esquecemos de dizer a razão de o homem viver essas penúrias.

Com o produto das peles, das plumas e das presas dos animais caçados é que viviam o caçador e seus filhos. O homem obtinha das selvas outros produtos mais, e alguns raríssimos. Mas isto iremos vendo no decorrer das histórias.

Duas palavras agora para terminar.

Devido a insistentes pedidos do caçador, pessoa muitíssimo conhecida, omitimos seu nome. Será suficiente saber que seus filhos o chamavam de *Dum Dum*, exatamente como se chamam certas balas famosas para caçar grandes feras. Destas balas das armas que usava o caçador, de suas armadilhas e demais particularidades da vida nas grandes selvas, vamos nos inteirando pouco a pouco.

A primeira carta da série é o relato da caçada da onça devoradora de homens. Só uma coisa nós podemos adiantar: é que justamente esta primeira carta está, de todos os seus lados, manchada de sangue humano.

Caça da onça

Meus meninos:

O que mais vai chamar a atenção de vocês nesta primeira carta é ela estar manchada de sangue. O sangue nas bordas do papel é meu, mas no meio há também duas gotas de sangue da onça que eu cacei nesta madrugada.

Em cima do tronco que me serve de mesa, pendurei a enorme pele amarela e negra da fera.

Que onça, meus filhos! Vocês devem se lembrar que nas jaulas do zoológico há um letreiro que diz: "onça devoradora de homens". Isto quer dizer que é uma onça que troca todas as capivaras do rio por um só homem. Alguma vez esta onça comeu um homem; e gostou tanto de sua carne que é capaz de passar fome por dias à espreita de um caçador, para saltar sobre ele e devorá-lo, roncando de satisfação.

Em todos os lugares, onde se sabe que há uma onça assim, o terror se apodera das pessoas, porque a terrível fera abandona então o bosque e sua toca para rondar próximo ao homem. Nos povoados isolados dentro da selva, mesmo durante o dia, os homens não se atrevem a entrar muito na mata. E quando começa a escurecer, todos se abrigam, trancando bem as portas.

Bem, garotos, a onça que acabo de caçar era uma dessas. E agora que vocês já sabem o que é uma fera assim, louca pela carne humana, prossigo minha história.

Fazia dois dias que eu tinha saído da mata com os cachorros, quando escuto uma grande gritaria. Olho na direção dos gritos, e vejo três homens que vêm correndo na minha direção. Eles logo me cercam e, um após o outro, todos tocam minha winchester, loucos de alegria. Um deles me diz:

— Che, amigo! Lindo que usted veio por aqui. Macanudo o seu *guinche*, che, amigo!

Este homem era misioneiro, ou correntino, ou chaquenho, ou formosino, ou paraguaio. Em nenhuma outra região do mundo se fala assim.

O outro me grita:

— Ah, você está muito bom! Con la espingarda de você vamos a matar a onça damnada!

Este outro, meus filhos, é brasileiro dos pés à cabeça. As pessoas das fronteiras falam assim, misturando as línguas.

Em cinco minutos me contam que já haviam perdido quatro companheiros na boca de uma onça: dois homens e uma mulher com seu filhinho.

Mas e a alegria deles ao me ver, dirão vocês, por que será?

Porque, meus meninos, os caçadores da mata, aqui na mata de Misiones, usam pistolas ou espingardas das quais já cortaram quase todo o cano, motivo pelo qual eles erram muitos tiros. E usam as armas assim curtas porque na selva tropical atrapalham muito as armas de cano longo, quando se tem que correr a toda atrás dos cachorros.

Minha winchester então, que é uma arma de precisão e carrega catorze balas, entusiasma aos pobres caçadores.

Eles me dão notícias recentes sobre a onça. Que na noite anterior mesmo a haviam ouvido roncando ao redor dos ranchos: até que, lá pela madrugada, arrebatou um porco entre os dentes, exatamente como um cachorro que leva um pedaço de pão na boca.

Vocês devem saber, meninos, que a onça que matou e comeu já uma parte de um animal corpulento, sempre volta na noite seguinte para comer o resto da sua caça. Durante o dia se esconde para dormir, mas à noite fatalmente volta para terminar de devorar sua presa.

Os caçadores e eu terminamos achando o rastro da onça e, pouco depois, em um espesso bambuzal, o que tinha sobrado do coitado do porco. Ali mesmo fincamos quatro bambus com oito ou dez outros atravessados a três metros de altura, e subindo lá no alto, nos instalamos para esperar a fera; o caçador correntino, o paraguaio, o brasileiro e eu.

As sombras já começavam a invadir a selva quando acabamos de nos instalar lá em cima. E ao cair completamente a noite, ao ponto de que não víamos sequer nossas próprias mãos, apagamos todos os cigarros e paramos de falar.

Ah, meninos! Vocês não imaginam o que é ficar horas e horas sem se mexer, apesar das cãibras e dos mosquitos que devoram viva uma pessoa! Mas quando se caça de noite, à espreita, tem que ser assim. Quem não é capaz de suportar isso, que fique tranquilo em sua casinha, não é mesmo?

Pois bem; meus companheiros, com suas espingardas cortadas, e eu, com minha winchester, esperamos e esperamos na mais completa escuridão...

Quanto tempo permanecemos assim? Para mim, parece que foram três anos. Mas o certo é que, de repente, na mesma escuridão e no mesmo silêncio, sem que uma só folha tivesse se movido, ouvi uma voz que me dizia muito baixo ao ouvido:

— Lá está o bicho...

Lá estava, realmente, a onça! Estava lá embaixo de nós, um pouco à esquerda, e ninguém tinha escutado quando ela chegou!

Vocês acham que eu via a onça? Nada disso. Via duas luzes verdes e imóveis, como duas pedras fosforescentes, e que pareciam estar muito longe. E nenhum dos três caçadores da mata tinha percebido sua chegada!

Sem nos movermos do nosso lugar, trocamos algumas palavras falando bem baixinho:

— Apuntale bien, che amigo! — sussurrou-me o paraguaio.

E o brasileiro acrescentou:

— Apúrese você, que o bicho va a pular!

E para confirmar isso, o correntino quase gritou:

— Ligero, che patrón! E entre los dos ojos!

A onça já ia pular. Abaixei rapidamente o cano da arma até os olhos dela e, quando tive a mira da winchester entre as duas luzes verdes, disparei.

Ah, filhinhos! Que miado! Exatamente como o de um gato que vai morrer, só que cem vezes mais forte.

Meus companheiros também berraram de alegria, porque sabiam bem (acreditavam saber, como vocês verão), sabiam bem que uma onça só mia assim quando recebe um balaço mortal nos miolos ou no coração.

De cima dos bambus tirei do meu cinto a lanterna e dirigi o foco de luz sobre a onça. Ali estava ela, estendida, sacudindo ainda um pouco as patas e com as presas de fora, ensanguentadas.

Estava morrendo, sem dúvida. Com um salto, descemos ao chão, e eu, ainda com a lanterna na mão, me agachei sobre a fera.

Ah, meninos! Antes não tivesse feito isso! Apesar de seu miado de morte e das sacudidas agônicas de suas patas traseiras, a onça ainda teve forças para me dar uma patada com a velocidade de um raio. Senti o ombro e todo o braço aberto por cinco punhais e caí destroçado em cima da cabeça da onça.

Aquela patada era o último resto de vida da fera.

Mas ainda assim eu tinha tido tempo, enquanto caía em cima do bicho, de sacar rapidamente o revólver carregado com balas explosivas e descarregá-lo inteiro dentro da boca da onça.

Meus companheiros me retiraram ainda desmaiado. E agora, enquanto lhes escrevo e a pele da onça pendurada pinga sobre o papel, sinto que por baixo das ataduras escorre até os dedos o sangue das minhas próprias feridas...

Bem, meninos, dentro de dez dias estarei curado. Nada mais por hoje e até a próxima, quando eu vou contar a vocês algo mais divertido.

A caça do tatu-canastra

Meus meninos:

Em minha carta anterior eu prometi a vocês uma história divertida. Quem podia imaginar que, em plena selva, caçando um enorme animal selvagem, eu haveria de rir às gargalhadas!

Mas foi isso mesmo o que aconteceu. E os índios que estavam caçando comigo, apesar de serem gente muito séria quando caçam, se dobravam de tanto rir, batendo na barriga com os joelhos.

Mas antes, eu preciso dizer a vocês que esta festa na mata aconteceu um mês depois de meu encontro com a onça. Os cinco cortes que ela me fez com suas garras, deixando-me em carne viva, pioraram, apesar de todo o cuidado que tomei.

(As unhas dos animais, meus filhos, estão sempre muito sujas, e é preciso lavar e desinfetar muito bem as feridas que elas causam. Foi assim que eu fiz; e apesar de tudo, fiquei muito doente e envenenado pelos micróbios.)

Os caçadores de que lhes falei antes, levaram-me deitado sobre uma mula até a costa do rio Paraná, e quando passou um vapor que voltava do Iguaçu, fizeram-no parar atirando para cima suas espingardas. Embarcaram-me desmaiado, e eu só recobrei a consciência três dias depois.

Hoje, nos brejões da comarca de Formosa, passado um mês, como eu disse, já estou totalmente recuperado, escrevendo-lhes em cima de um casco de tatu, que me serve de mesa.

Bem, meninos, pelo título desta carta, vocês já devem ter percebido que se trata da caçada de um tatu. (Primeiro de tudo, é preciso que vocês saibam que o tatu-canastra, o tatu-mulita, o peludo e o tatu-bola são mais ou menos o mesmo bicho). Escutem agora o que aconteceu com a gente.

Anteontem estávamos atravessando o bosque para alcançar naquela mesma noite as margens do rio Bermejo, três índios e eu. Caminhávamos famintos como lobos, quando...

(Meus filhos: não é tão fácil comer na mata como se poderia pensar. Salvo ao cair da noite e ao raiar do dia, quando é possível ver os animais que saem para caçar ou voltam de suas tocas, não se tropeça num bicho nem por acaso.)

Caminhávamos, pois, cambaleando de fome e cansaço, quando ouvimos de repente um ronco surdo e profundo que parecia sair debaixo da terra. Esse ronco parecia extraordinariamente com o de uma onça quando trota rugindo com o focinho na terra. O que ouvimos então ecoava debaixo dos nossos pés, como se um monstro estivesse roncando nas profundezas da terra.

Eu olhava assombrado os índios, sem saber no que pensar, quando os índios deram um berro e começaram a dançar em roda um atrás do outro, enquanto gritavam!

— Tatu! Tatu-canastra!

Então entendi o que era; e ao pensar no delicioso manjar que nos prometia aquele ronco, entrei dançando na roda dos índios e dancei como um louco com eles.

(Para saber o que é dançar feito criança entre três índios pelados, é preciso saber antes o que é a fome, meus filhos.)

Eu nunca havia visto um tatu-canastra, mas já sabia que qualquer tatu é um prato de reis.

Estava dançando ainda, quando os índios partiram mata adentro, a toda velocidade, grunhindo de fome. Eu os segui apressado, a ponto de conseguir chegar quase junto com os índios famintos.

E eu vi então o que é o tatu-canastra: em plena terra, com quase todo o corpo metido num enorme buraco, imóvel e calado estava o bicho, cujo ronco tínhamos ouvido. Era realmente um tatu. E que tatu, meus garotos!

Só dava para ver seu robusto rabo. Em um instante os índios se agarraram nele e o puxaram com todas suas forças. O tatu, então, começou a cavar... E que terremoto! A terra voava como se ele cavasse com uma pá, machucando nosso rosto pela força com que era atirada. Com tanta força cavava o tremendo tatu, e com tanta rapidez, que a terra era jogada aos montes, em golpes rapidíssimos.

Os índios desapareciam no meio de tanta terra. Quando eles soltaram o rabo do tatu, num instante ele desapareceu como uma cobra no buraco. Com um grito nos atiramos todos ao chão, e metemos o braço no buraco até alcançar o rabo dele e puxamos os quatro juntos com todas as nossas forças.

E força! Puxa! Puxa! Quatro homens com um apetite feroz puxam — acreditem, meninos — com a força de um cavalo. Mas o enorme tatu, com as unhas cravadas na terra, e com o casco servindo de alavanca na parte de cima do buraco, não cedia nenhum centímetro, como se estivesse pregado nele.

E puxávamos, garotos, puxávamos, cobertos de terra, e com as veias do pescoço a ponto de arrebentar, de tanto esforço. Às vezes, rendidos de cansaço, relaxávamos um pouco e o tatu aproveitava então e cavava a todo vapor, machucando nossa cara com os montes de terra que saíam como de uma metralhadora. Tal era nossa situação e tão sujos estávamos, que ríamos sem parar, de ver a nós mesmos, quatro homens famintos, puxando como loucos o rabo de um tatu!

Não sei, meninos, como teria terminado isso. Possivelmente teria acabado com o tatu arrastando nós quatro para dentro do buraco dele, porque nós não iríamos soltar nosso assado nunca. Mas, por sorte, logo me lembrei de um método infalível para retirar tatuzinhos do buraco.

Vocês sabem que método é esse? Pois... fazer com um raminho cosquinhas no bicho... debaixo do rabinho!

(Não riam, meninos. Esse sistema de caça já salvou na mata a vida de muitas crianças que, de outro modo, teriam morrido de fome.)

Fizemos, então, cosquinhas no tatu. E o tatu, talvez divertido ou morto de rir pelas cócegas, afrouxou as patas, e... bem ligeiro! de uma só vez! E com um tremendo puxão, nós conseguimos tirá-lo para fora.

Mas que monstro, meninos! Era maior que vinte tatus--bola juntos. Maior ainda que a grande tartaruga do zoológico. Talvez pesasse cinquenta quilos e medisse um metro de comprimento. Parecia realmente uma grande canastra, com seu casco arredondado.

Hoje em dia o tatu-canastra é bem raro. Dizem que há exemplares maiores ainda e que pesam centenas de quilos. Esses tatus são netos de outros tremendos tatus-canastra que existiam em outras épocas, chamados gliptodontes, cujos cascos ou carapaças podem ainda ser vistos nos museus de história natural.

Bem, meninos, nós comemos nosso respeitável tatu como se fosse um humilde tatuzinho assado do Mercado do Prata. Ainda estamos comendo, bem sérios; mas quando me lembro da cara que tínhamos anteontem, puxando, puxando... eu rio de novo... e como mais um bocado de tatu.

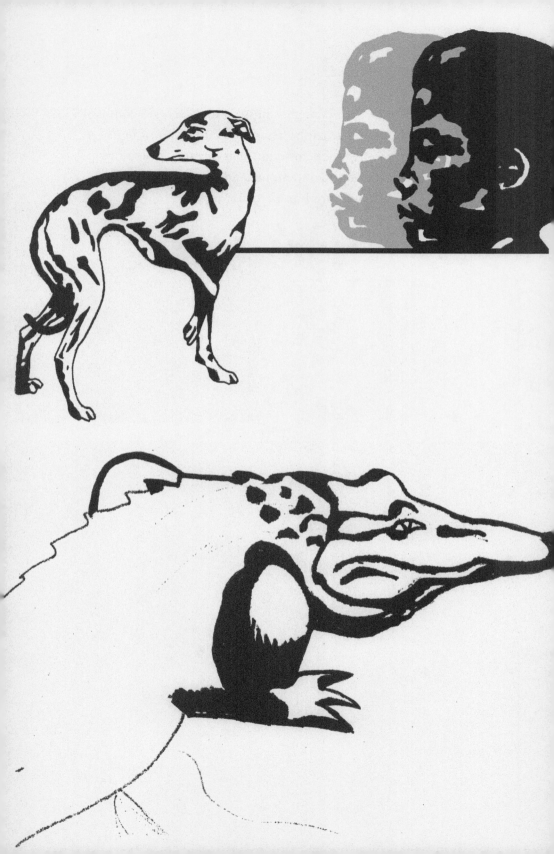

A caçada do jacaré

Garotos:

Os dois cães de caça que eu tinha não existem mais. Um eu perdi já faz uma semana em um combate com uma urutu--cruzeiro; o outro foi triturado ontem à tarde por um imenso jacaré.

E que maravilha de cães eles eram, meninos! Vocês não dariam nem cinco centavos por eles, de tão magros e cheios de cicatrizes que eles estavam. Meus pobres cães não pareciam esses cachorros peludos da polícia que vocês veem por aí, brincalhões e arrebentando de gordura, nem esses pastores com o pelo repartido ao meio. Os meus eram cachorros da mata, sem raça e de pais desconhecidos. Mas, como cães de caça eram bravios, resistentes, tenazes e, para correr, não havia igual.

Prestem atenção nisso: o instinto de caça nos animais, e no cachorro entre eles, é uma questão de fome. Quanto mais fome eles têm, mais aguçado fica o faro e maior sua tenacidade para perseguir a presa. Um cachorro gordo, com a barriga bem inchada, prefere dormir a sesta num cobertor felpudo a correr horas inteiras atrás de uma onça.

Os animais, como os homens, meus filhos, são mais ativos quando têm fome.

Bom. Perdi meus cachorros, e se não pude vingar o primeiro, pois era de noite e estávamos em um matagal, tive o prazer de crucificar — como vocês vão ouvir — o jacaré que me devorou o segundo.

A história aconteceu deste modo:

Ontem, ao nascer o sol, eu estava acampado às margens do rio Bermejo, na província do Chaco, quando vi passar, bem alto, um bando de garças brancas. Eu as segui com os olhos, pensando no prazer com que eu teria abatido com um só tiro, duas ou três delas, para enviar suas longas plumas traseiras ou "aigrettes", como são chamadas nas casas de moda.

Contrariando a tudo o que eu poderia esperar delas, eu as vi pousando sobre um pequeno lago a uma distância de um quilômetro de minha barraca. Peguei a espingarda, assoviei a meu cachorro e saímos em perseguição às garças. Essas belíssimas e ariscas aves se reúnem para dormir ao cair da noite; tomando algumas precauções, poderia aproximar-me até tê--las na minha mira. Avancei lentamente e agachado no meio do pasto, até tocar com meus joelhos no peito, e puxando o cachorro pelo pescoço.

Mas, ou porque uma cobra o tivesse picado, ou porque ele tivesse se espetado com uma semente — pontiaguda como um punhal — de uma trepadeira do campo chamada unha-de-gato, o cachorro deu um grito, quando estávamos ainda a oitenta metros do lago. As garças alçaram voo fazendo barulho e eu só tive tempo de colocar a espingarda na frente da minha cara e descarregar sobre elas os dois canos da espingarda.

Apesar da distância, uma garça caiu na água. Meu cachorro atirou-se feito uma flecha, e quando eu, que o seguia correndo, cheguei ao lago, ele já nadava na direção da garça, que estava só ferida e se agitava batendo com suas asas na água, como se fosse uma tábua.

O cão já estava a dez metros dela; já estava quase alcançando... quando bruscamente ganiu e afundou. Afundou, meus garotos, como se tivesse sido puxado para baixo com uma força incalculável. Só ficou na superfície do lago a garça sempre se debatendo na água e, um pouco mais longe, um borbotão de água e borbulhas de ar. E nada mais.

O que aconteceu? Que força era aquela para absorver instantaneamente meu cachorro?

Durante um longo tempo, meninos, fiquei bestificado, olhando fixamente o lugar onde tinha se afogado meu pobre companheiro. Eu suspeitava, tinha quase certeza de conhecer o segredo desse misterioso lago. Por isso, quando era quase hora de cair a noite e vi de repente aparecerem na superfície tranquila três pontinhos negros que se mantinham imóveis, carreguei sem fazer o menor barulho o cano direito da espingarda com uma bala explosiva e, fazendo mira cuidadosamente no centro dos três pontinhos, disparei.

Que saltos, meninos! Que sacudidas na água! A água se remexia em frenéticos rodamoinhos e saltava pelos ares, como se dez hélices batessem nela. E o rabo do jacaré — porque era num enorme jacaré que eu tinha atirado — se debatia de um lado para outro com uma agitação tremenda.

Sim, garotos! Os pontinhos pretos são tudo o que se pode ver de um jacaré ou crocodilo, quando ele está à espreita na superfície da água. E só se veem três pontos do enorme corpo: os olhos, quase juntos, e um pouco mais longe a ponta do nariz. Com certeza esse jacaré estava esperando uma presa quando meu cachorro se atirou a nado na lagoa. E submergindo, então, nadou debaixo d'água até alcançá-lo, abriu sua bocarra sobre a barriga do meu cachorro... e o partiu ao meio!

E o abandonou seguramente no fundo do lago, para que apodrecesse, para que pudesse comê-lo, e subiu até a superfície para buscar outra presa... Por desgraça, eu havia errado o tiro. Suas tremendas sacudidas eram só de fúria; porque se eu o tivesse atingido com a bala explosiva, a metade de sua cabeça teria voado em pedaços com a explosão.

O que eu podia fazer então, meninos? A noite caía, e eu continuava louco de vontade de vingar a atroz morte do meu pobre companheiro. Não tendo conseguido matá-lo em liberdade, decidi caçá-lo com uma armadilha. E eis aqui o que eu fiz:

Fui até a barraca e regressei ao lago com uma corda, um pulmão de um tamanduá que eu havia matado na noite anterior e um pedaço de arame comprido. Apontei os dois extremos de um pedaço de pau de quinze centímetros — que me serviria de anzol; prendi bem o toco com o arame, emendei a corda no arame, amarrei o pulmão do tamanduá ao redor do anzol e... zás!, tudo para a água.

Vocês sabem por que eu usei de isca o pulmão, ou o bofe, como se diz no campo? Porque o pulmão contém muito ar, e boia. E os jacarés andam sempre com seus olhinhos na superfície da água, procurando o que comer.

Nada mais eu tinha para fazer, fora amarrar a ponta da corda numa árvore e ir para o acampamento dormir.

Mas mal começava a clarear o dia seguinte, fui até um acampamento de índios mansos que tinham caçado comigo uma onça na semana anterior:

— Che, amigo! — disse ao cacique, falando como eles. — Você me empresta um cavalo até o meio-dia.

— E você, o que vai me dar em troca? — respondeu-me o cacique.

— Vou lhe dar dez balas de winchester, uma lanterna e quatro selos. (Para os índios um selo vale tanto como, para nós, um quadro.)

— E uma caixa de fósforos — acrescentou o índio.

— Fechado.

— E vinte centavos — acrescentou ainda.

— Está bem! — conclui eu. — Aqui está tudo isso. Que venha agora o cavalo... e até logo!

Parti a galope na direção da lagoa. Ali, tal como eu havia deixado na tarde anterior, estava a corda amarrada na árvore. Mas o anzol tinha desaparecido da superfície. Puxei a corda, e o laço arrebentou.

Mas eu conhecia os costumes dos crocodilos. E comecei a sorrir, devagar também, enquanto amarrava com todo cuidado a corda na cilha do cavalo.

E então, garotos, firmando-me bem nos estribos, comecei a me afastar da margem, enquanto a corda corria de um lado para o outro na água, pelos trancos do jacaré.

Mas quando a enorme besta mostrou finalmente sua monstruosa cabeça preta, chegou até as margens e firmou suas patas nas barrancas, oh, então, meninos, o cavalo puxou, puxou, sem poder arrancar a fera da margem! E a corda, esticada como um cabo de aço, começou a soar como a corda mais grave do violão.

Durante um minuto inteiro (é preciso saber o quanto é demorado um minuto), o cavalo puxou e puxou com todas suas forças, e o tremendo jacaré, com o pau de duas pontas cravado no fundo de sua garganta, não cedia um centímetro de terreno. E a corda soava e gemia, de tão esticada que estava.

Assim, um minuto inteiro! Finalmente soltei as rédeas e chicoteei duas vezes o ventre do cavalo, ao mesmo tempo em que cravava as esporas nos seus flancos e dava um urro estridente.

O cavalo, enlouquecido de dor, deu um tremendo arranque... e avançou um passo! E outro mais! E outro! Já estava vencido o monstro. Já tinha fraquejado! Desde esse instante, o cavalo lançou-se em disparada, levando arrastado o jacaré, que ia dando solavancos pelo campo deserto.

Pouco mais resta a dizer, meninos. Ao fim de meia légua, desci do cavalo. O monstro estava grogue de tantas pancadas, e eu acabei com ele com um tiro no ouvido.

Agora ele está crucificado para que eu possa mandar para vocês o couro. Ele mede cinco metros bem contados, sendo um dos maiores jacarés que já foi visto, mesmo pelos índios.

Acabo de devolver o cavalo ao cacique. E para que ele ficasse mais contente, dei de presente a ele também uma pedra-de-fogo, um poncho vermelho e uma dezena de boleadeiras.

Caçada da cobra cascavel

Garotos:

Vocês se lembram da estranha carteira daquele amigo cego que veio numa noite de tempestade me visitar, acompanhado de um policial? Era feita de uma cobra cascavel. E vocês sabem por que o homem estava cego? Por ter sido picado por esta mesma cobra.

É assim, garotos. Todas as cobras causam estrago e chegam a matar o homem que mordem. Elas têm duas glândulas de veneno que se comunicam com suas presas. Estes dentes são ocos ou, melhor dizendo, têm um fino canal por dentro, exatamente como as agulhas de injeção. E assim como as agulhas, os dentes da cobra cascavel são chanfrados como os apitos dos vigilantes e o formão de carpinteiro.

Quando as cobras cravam os dentes, apertam ao mesmo tempo as glândulas e o veneno corre então pelos canais e penetra na carne. Em duas palavras: dão uma injeção de veneno. Por isso, quando as cobras são grandes e seus dentes, portanto, longuíssimos, injetam tão profundamente o veneno, que chegam a matar quem quer que mordam.

A cobra mais venenosa que nós temos na Argentina é a cascavel. É ainda mais venenosa que a urutu-cruzeiro. Quando não chega a matar, causa doenças difíceis de curar e, às vezes, paralisia para a vida toda. Às vezes cega. E isto aconteceu com meu amigo da carteira, que não teve outro consolo além de transformar a pele de sua inimiga num lindo forro.

(As cobras não venenosas, meus filhos, e que caçam à força estrangulando suas vítimas, têm a pele grossa e forte, que é utilizada em vários artigos. As cobras venenosas são mais fracas e caçam quase sem se mover, utilizando sua seringa de injeção. Elas têm a pele tão fina e pouco elástica que só dá para usá-la como forro. E eu estou contando tudo isso a vocês para que um dia não se enganem quando alguém quiser vender-lhes carteiras ou tabaqueiras fabricadas com couro de cobra cascavel ou de urutu-cruzeiro.)

As cobras e serpentes devem ser caçadas... como Deus quiser. Não existe para isso regras, nem datas, nem procedimentos fixos. Podem ser caçadas no inverno ou verão, de dia ou de noite, com um pedaço de pau, um facão, um laço ou uma espingarda. Quando eu era garoto eu as caçava a pedradas. É um dos melhores métodos. Não é possível caçá-las com armadilha, porque não têm caminhos fixos, nem sentem muita fome. As cobras passam facilmente meses inteiros sem comer.

A profissão de caçador de cobras é a mais pobre de todas, porque é só por acaso que se encontra uma cobra. Conta-se, entretanto, que em certas regiões dos Estados Unidos existem caçadores de cobras cascavel que ganham bastante dinheiro em suas caçadas; mas não há de ser muito o que eles ganham.

Agora, garotos, que vocês já conheceram a vida e os milagres das cobras, prossigo meu relato.

Vocês se lembrarão que há pouco tempo antes que o grande jacaré partisse ao meio o meu pobre cachorro, eu havia perdido outro, morto por uma cobra cascavel. Estávamos nesse momento em uma mata, era de noite e eu não havia trazido comigo a lanterna. Fiz o que foi possível para encontrar a cobra com um fósforo, em vão. O cachorro mordido não se queixava, não parecia sofrer, nem deixou de pular a meu lado quando fui correndo com ele ao acampamento para tratá-lo.

Mas andamos apenas trinta metros, e o cachorro começou a cambalear e caiu. Agachei-me angustiado e o ergui. Ficou em pé sobre as patas dianteiras mas, as outras duas patas estavam já paralisadas.

Pobre cão, meu companheiro! Não havia perdido sua alegria: lambia minhas mãos e respirava ofegante, com a língua de fora. Fazia em vão esforços para mover as patas traseiras. Um momento depois começou a cair de lado, e sua respiração era tão rápida que era impossível acompanhar. Finalmente ficou imóvel, morto, com toda a língua de fora, morto em cinco minutos pela injeção de veneno da cobra cascavel.

Deus nos livre, meninos, de uma fatalidade semelhante! As picadas de cobra nem sempre são mortais, e quando se morre é geralmente depois do terceiro dia. Para matar em cinco minutos, a cobra deve ter a horrível sorte de cravar os dentes em uma veia. Então o sangue coagula quase totalmente, e o pássaro, o homem, ou mesmo o elefante, mordidos assim, morrem em seguida, sem sofrer, asfixiados. Foi o caso do meu pobre cão.

A caçada do gigantesco jacaré logo me distraiu. Mas eu não havia me esquecido da cobra assassina, e estava disposto a dar busca pelo próprio matagal, quando o acaso nos aproximou, muito mais intimamente do que eu pudesse querer.

Eu voltava uma tarde do acampamento, quando fui surpreendido por uma tempestade de vento e água até dizer chega. Durante quatro horas caminhei ensopado, a ponto de não sobrar nada em mim que não jorrasse água: roupa, corpo, fósforo, bloco, isqueiro. Até a lanterna quebrada.

À luz dos relâmpagos pude felizmente chegar até a barraca. Caí rendido no cobertor, e adormeci com um sono agitado por pesadelos. A altas horas da noite acordei de repente com uma angústia terrível. Tinha sonhado que no chão, deitado de barriga a meu lado, um monstro estava me espiando para atirar-se sobre mim ao menor movimento meu. No profundo silêncio e escuridão (a chuva e o vento haviam parado), fiz um movimento para me levantar. E nesse instante, a meu lado, soou o guizo de uma cascavel. Ah, meninos!, vocês não têm ideia do que é estar no escuro, deitado no chão, sem nenhum fósforo, e ameaçado de ser mordido no pescoço por uma cobra venenosíssima, ao menor movimento.

Vocês devem saber que as cobras cascavel só fazem soar seus guizos quando, ao se sentirem ameaçadas, encontram-se prontas para atacar. Quando se escuta na mata o guizo de uma cascavel é preciso deter-se instantaneamente e não mover um só dedo. Então deve-se olhar com grande lentidão aos pés e ao redor deles, até encontrar o animal. Uma vez que se consiga isso, pode-se saltar para um ou outro lado. Mas cuidado ao fazer — antes de ver a cobra — qualquer movimento!

E agora, imaginem só, meninos, o que é encontrar-se na escuridão, deitado de bruços, com uma cobra irritadíssima ao lado, enfurecida com algum movimento brusco enquanto eu dormia, e que estava só esperando outro movimento meu para pular no meu pescoço!

Para maior angústia, se eu não a via, ela me via perfeitamente, pois as cobras cascavel veem de noite muitíssimo melhor que de dia. Onde exatamente estava ela? Enrolada, junto a minha cabeça, junto a meu ombro, junto a minha garganta? Impossível dizer, porque a estridente vibração da cascavel, assim como o trilar de certos grilinhos no verão, parece vir de todas as partes.

Conforme iam passando os instantes, a cobra diminuía sua agitação; mas era só eu insinuar o menor movimento para me levantar e colocar-me a salvo, que a cobra se enfurecia, sentindo-se atacada, pronta para cravar-me os dentes.

Quanto tempo durou isso? Minutos, minutos eternos... Talvez horas. Eu não sei o que teria sido de mim, pois começava a enlouquecer, quando fora da barraca soou outro guizo.

Outra! Duas cobras cascavel! Como se uma só não fosse o bastante! Eu já ia dar um grito fatal de desespero... quando uma súbita luz iluminou como um raio minhas ideias! Salvo! Estava salvo! Encontrava-me salvo, meninos, porque estávamos na primavera; e aquele segundo chocalhar não era nada além de um canto de amor, ou um grito de guerra. A cobra que cantava fora era fêmea ou macho, e a que cantava seu canto de morte sobre meu ouvido era macho ou fêmea. Eu não sabia, nem nada me importava. E se cantavam com o rabo isso também era problema delas. Mas o certo é que de um momento a outro, o monstro que me sitiava ia abandonar-me para ir ao encontro de seu companheiro. Se iriam namorar ou se se despedaçariam, para mim tanto fazia uma coisa como a outra, contanto que me deixassem livre.

E assim foi, garotos. Justo quando a alvorada finalmente irrompia, senti o fru-fru das escamas da cobra cascavel que me abandonava. De um salto pus-me em pé. Permaneci um instante sem me mover, sem ver nada ainda. Mas dez minutos depois, a luz da aurora de chuva permitiu-me ver, à porta da barraca, duas enormes cobras cascavel que passavam e repassavam uma por cima da outra, como se isso lhes desse um grande prazer.

Foi a última coisa que fizeram neste mundo, porque um instante depois ambas voavam despedaçadas por um tiro de espingarda. Com elas vão os dois chocalhos, garotos. Mas se seus donos se amavam ou lutavam quando as vi na lona, isso jamais saberei.

O homem caçado pelas formigas

Meninos:

Se eu não fosse o pai de vocês, apostaria vinte centavos que vocês não adivinham de onde lhes escrevo. Deitado com febre na barraca? Em cima da barriga de uma anta morta? Nada disso. Escrevo acocorado em cima das cinzas de uma grande fogueira, morto de frio... e pelado como um recém-nascido.

Já viram coisa mais estranha, meninos? Tremendo de frio também do meu lado, e pelado como eu, está um índio me apontando uma lanterna com se fosse uma espingarda, e no seu círculo branco eu lhes escrevo numa folha do meu bloco... esperando que as formigas tenham devorado toda a barraca.

Mas que frio, meninos! São três da madrugada. Faz várias horas que as formigas estão devorando tudo o *que se mexe*, porque essas formigas, mais terríveis que uma manada de elefantes escapando de tigres, são formigas carnívoras, constantemente famintas, que devoram até o osso todo ser vivo que encontram pela frente.

Essas formigas comeram, no Brasil, em uma só noite, as duas botas de um presidente dos Estados Unidos chamado Roosevelt. As botas não são seres vivos, é claro mas, são feitas de couro, e o couro é uma substância animal.

Pelo mesmo motivo, as formigas desta noite estão comendo a lona da barraca nos lugares onde há manchas de gordura. E por quererem me devorar também, é que estou agora pelado, morto de frio e com picadas por todo o corpo.

A mordida dessas formigas irrita tanto os nervos que basta que uma só formiga dê uma picada no pé para você sentir como alfinetadas no pescoço e no meio dos cabelos. A picada de muitíssimas pode até matar. E se você permanecer quieto, elas lhe devoram vivo.

São pequenas, de um negro brilhante, e marcham como um exército em grande velocidade. Avançam em rios estreitíssimos que ondulam como serpentes e que chegam a ter um metro de largura. Quase sempre é de noite que saem para caçar.

Ao invadir uma casa, elas se esparramam por toda parte, como mortas de fome, e procuram correndo um ser vivo para devorar. Não tem buraco, furo ou fresta, por mais estreitos que sejam, em que as formigas carnívoras não se metam. Se encontram algum animal, num instante, se agarram nele com os dentes, mordendo-o com terrível fúria.

Uma vez vi um gafanhoto, meninos, esmigalhando-se num instante entre os dentes delas. Em poucos instantes, todo o corpo do gafanhoto, como um brinquedo mecânico, estava esparramado pelo chão: patas, asas, cabeça, antenas, tudo desarticulado, pedaço por pedaço. E com igual velocidade elas levavam cada articulação, e não nas costas, como as formigas comuns, e sim por baixo do corpo, apertando os pedaços com suas patas contra seu abdômen. E nem assim sua corrida era menos veloz.

Não existe animal que possa enfrentar as formigas carnívoras. As antas e as próprias onças fogem da toca se sentem que há formigas. As cobras, por maiores que sejam, saem fugidas de suas tocas. Para saber realmente como são estas formigas é preciso tê-las visto invadindo um lugar em negros rios de destruição.

Ontem de manhã, meninos, choveu com um forte vento sul, e o céu, límpido e sereno ao entardecer, nos anunciava uma noite de geada. Quando o sol se pôs eu estava passeando pelo acampamento com um grosso suéter e fumando, quando uma cobra passou depressa deslizando entre a barraca e eu.

— Cobras no inverno! E com esse frio! — perguntei-me surpreso. — Deve haver ocorrido alguma coisa estranha para isto acontecer.

Eu estava olhando ainda para o campo esbranquiçado, queimado pela geada, onde havia se metido a cobra, quando um rato do campo passou correndo entre minhas pernas. E em seguida, outro, e depois mais outro.

Na direção da barraca avançavam por baixo, saltando e voando de folha em folha, uma nuvem de gafanhotos, besouros, barbeiros, aranhas; todos os insetos — meus garotos — que tinham resistido ao inverno, fugiam como vítimas do pânico.

O que poderia ser isso? Naquela hora eu não sabia. Não havia risco de tempestade. E o bosque ia se escondendo na sombra em serena paz.

Deitei-me, sem me lembrar mais do incidente, quando me despertou o guincho de um furão que chegava da mata. Um instante depois senti o latido agudo e curto de um lobo-guará. E um pouco depois o rugido de uma onça. O índio, enrolado feito um novelo, de costas para o fogo, roncava com grande e tranquila força.

— Com certeza não está acontecendo nada na mata — disse por fim. — Se não, o índio já teria acordado. E eu já ia dormir outra vez, quando ouvi, fora da barraca, o chocalho de uma cobra cascavel.

Vocês se lembram, garotos, da aventura que tive com uma delas? Quem já ouviu pelo menos uma vez na mata o chocalho de uma cascavel, não se esquece dele pelo resto de seus dias.

Mas o que estaria acontecendo com os animais nessa noite para estarem tão agitados a ponto de alguns se arriscarem, como as cobras, a morrer de frio na geada?

Saí do meio das cobertas e peguei a lanterna. Nesse mesmo instante senti cem mil alfinetadas por todo o meu corpo. Soltei um berro que acordou o índio e levando minha mão ao rosto, varri dela uma nuvem de formigas grudadas que me picavam com gosto.

Tudo: corpo, cobertor, roupa, tudo tinha sido invadido pelas formigas carnívoras. Pulando sem parar, arranquei minhas roupas, enquanto o índio me dizia:

— Correição! Correição! (Esse é o nome que dão por lá a estas formigas.) As formigas que matam! Índio não sai do fogo, porque as formigas comem o índio inteirinho.

— Tomara que te comam pelo menos o nariz! — gritei irritado e correndo para fora, onde fui cair de um salto sobre as brasas, que voaram pelos ares com uma nuvem de faíscas. Entretanto, todo o chão ao redor da fogueira estava cheio de formigas que corriam de um lado para o outro procurando o que comer. A barraca estava também toda infestada de formigas, e o país inteiro, sabe-se lá até onde.

Desde cedo, com certeza, o exército de formigas tinha começado a avançar para cima de nós, devorando e botando para correr as cobras, os insetos e as próprias feras que debandavam diante das hordas famintas.

Até a madrugada possivelmente estaremos sitiados e logo as formigas levarão para outra parte sua devastação. Mas são ainda três da manhã e o fogo acaba de se consumir. É impossível tirar o pé para fora do círculo de cinzas quentes: elas nos devoram.

Acocorado no meio do que foi uma fogueira, pelado como uma criança e tremendo de frio, espero o dia escrevendo a vocês, meus filhos, à luz da lanterna, enquanto dentro da barraca as formigas carnívoras estão devorando minhas últimas provisões.

Os bebedores de sangue

Garotos:

Vocês já puseram o ouvido nas costas de um gato enquanto ele ronrona? Experimentem fazer isso com o Tutankamon, o gato do dono da venda. Assim vocês farão ideia do ronco de uma onça quando anda a trote pela mata em som de caça.

Esse ronco, que não tem nada de agradável para quem está sozinho no bosque, já me perseguia há uma semana. Começava a cair a noite, e até a madrugada a mata inteira vibrava com os rugidos.

De onde poderiam ter saído tantas onças? A selva parecia ter perdido todos os bichos, como se todos tivessem se metido no rio. Não havia nada além de onças; não se ouvia outra coisa além do ronco profundo e incansável da onça faminta, quando trota com o focinho pela terra para farejar o cheiro dos animais.

Assim continuou por uma semana, quando de repente as onças desapareceram. Não se ouvia nem um bramido mais. Em compensação, na mata voltaram a ecoar o balido do veado, o guincho da cutia, o assobio da anta, todos os barulhos e uivos da selva. O que teria acontecido desta vez? As onças não desaparecem sem mais nem menos, não existe fera capaz de fazê-las fugirem.

Ah, meninos! Isso era o que eu pensava. Mas quando depois de um dia de caminhada eu chegava às margens do rio Iguaçu (vinte léguas acima das cataratas), encontrei-me com dois caçadores que me tiraram da minha ignorância. De como e por que tinha havido por esses dias tanta onça eles não souberam me dizer nenhuma palavra. Mas, por outro lado, eles me asseguraram que a causa da repentina fuga delas se devia à aparição de uma suçuarana. A onça, a quem se considera a rainha incontestável da selva, tem muito medo de um gato covarde como a suçuarana.

Já viram coisa mais esquisita, meninos? Quando eu chamo a suçuarana de gato, eu só me refiro a sua cara de gato, nada mais. Pois é um gatão de um metro de comprimento, sem contar o rabo, e tão forte como a própria onça.

Pois bem. Nessa mesma manhã, os dois caçadores tinham encontrado quatro cabras, das doze que tinham, mortas na entrada da mata. Não estavam nem um pouco despedaçadas. Mas nenhuma delas tinha sequer uma gota de sangue nas veias. No pescoço, por baixo dos pelos manchados, tinham todas quatro furos, que nem eram muito grandes. Pois ali, com os dentes cravados nas veias, a suçuarana tinha esvaziado suas vítimas, bebendo-lhes todo o sangue.

Quando passei, eu vi as cabras, e lhes asseguro, meninos, que fiquei irado ao ver as quatro pobres cabras sacrificadas pela besta sedenta de sangue. A suçuarana, do mesmo modo que o furão, deixa de lado qualquer manjar em troca de sangue fresco. Nas fazendas do Rio Negro e Chubut, as suçuaranas causam tremendos estragos nos rebanhos de ovelhas.

As ovelhas, como vocês já sabem, são os bichos mais estúpidos da criação. Quando farejam uma suçuarana, não fazem outra coisa além de olhar umas para as outras e começam a espirrar. Nenhuma delas pensa em fugir. Só sabem espirrar, e espirram até que a suçuarana salte sobre elas. Em poucos momentos, vão ficando deitadas de lado, esvaziadas de todo seu sangue.

Uma morte assim deve ser atroz, meninos, mesmo para as ovelhas resfriadas de medo. Mas em sua própria fúria sanguinária, a fera tem seu castigo. Sabem o que acontece? É que a suçuarana, com a barriga inchada de tanto sangue, desaba derrotada por um sono invencível. Ela, que enterra sempre os restos de suas vítimas e foge para se esconder durante o dia, não tem forças para se mexer. Cai atordoada de sangue no próprio lugar da hecatombe. E os pastores encontram de madrugada a fera com o focinho vermelho de sangue, fulminada pelo sono, entre suas vítimas.

Ah, meninos! Nós não tivemos esta sorte. Com certeza quatro cabras não eram suficientes para saciar a sede de nossa suçuarana. Ela havia fugido depois de sua façanha e teríamos que rastreá-la com os cães.

De fato, tínhamos andado apenas uma hora quando os cães ficaram em guarda, ergueram o nariz aos quatro ventos e deram um uivo de caça: haviam rastreado a suçuarana.

Nem vou contar, filhos, da corrida que demos atrás da fera. Noutra vez contarei os detalhes de uma corrida de caça na mata. Por hoje basta saber que após cinco horas de latidos, gritos e corridas desesperadas através do bosque, quebrando as trepadeiras com a testa, chegamos ao pé de uma árvore em cujo tronco os cães avançavam aos pulos, entre desesperados latidos. Lá em cima da árvore, encolhido como um gato, estava a suçuarana seguindo inquieta as evoluções dos cães.

Nossa caçada, posso dizer, estava terminada. Enquanto os cachorros toureassem a fera, ela não se moveria de sua árvore.

Assim é que agem a jaguatirica e a onça. Lembrem-se, meninos, destas palavras para quando forem grandes e caçarem: onça que trepa em árvore é onça que tem medo.

Eu fiz correr uma bala na culatra da winchester, para mandá-la entre os dois olhos da suçuarana, quando um dos caçadores colocou a mão no meu ombro, dizendo:

— Não atire, patrão. Esse bicho não vale nem uma bala. Vamos dar uma sova nele como ele nunca levou antes.

O que vocês acham, meninos? Uma sova numa fera tão grande e forte como a onça? Eu nunca tinha visto isso e queria ver.

E nós vimos, Santo Deus! O caçador cortou vários galhos grossos em pedaços de meio metro de comprimento e como quem joga pedras com todas as suas forças, foi jogando um após outro na suçuarana. O primeiro pau passou assobiando sobre a cabeça do bicho, que cobriu as orelhas e miou imperceptivelmente. O segundo toco passou à esquerda, longe. O terceiro passou de raspão na ponta do rabo, e o quarto, assobiando como uma pedra jogada com estilingue, foi direto na cabeça do bicho, com tanta força que o animal balançou em cima do galho e desabou no chão entre os cachorros.

E então, meninos, começou a surra mais grandiosa que já recebeu qualquer bebedor de sangue. Ao sentir as mordidas dos cães, a suçuarana quis fugir com um salto. Mas o caçador, rápido como um raio, segurou-a pelo rabo. E enroscando o rabo na mão como um chicote, descarregou uma chuva de pauladas sobre a suçuarana.

Que surra, meninos! Mesmo sabendo que a suçuarana é uma covarde, nunca pensei que fosse tanto assim. Eu nunca pensei também que um homem pudesse ser corajoso a ponto de tratar uma fera como se fosse um gato, e dar uma sova nela a pauladas.

De repente, uma das pauladas acertou a suçuarana na base do focinho e o animal caiu, estirando convulsivamente as patas traseiras. Mesmo que ferida de morte, a fera roncava entre os dentes dos cachorros, que a puxavam por todos os lados. Finalmente, terminei com aquele feio espetáculo descarregando o winchester no ouvido do animal.

Coisa triste, meninos, é ver morrendo um animal, por mais feroz que seja, mas o homem leva no sangue o instinto da caça, e é o seu próprio sangue que o defende do ataque das suçuaranas, que querem bebê-lo.

Os filhotes do lobo-guará

Vou contar-lhes agora, meninos, uma história bem curta de três filhotinhos selvagens que assassinei — por assim dizer — levado pelas circunstâncias.

Faz já algum tempo, pouco depois da história com a cobra cascavel que eu contei a vocês em detalhes, três índios de Salta — doentes, com malária e batendo os dentes — chegaram para me vender três filhotinhos recém-nascidos de lobo-guará.

Eu não tinha vacas, como vocês bem sabem; nem uma cabritinha para alimentar com seu leite os recém-nascidos. Ia então desistir de comprá-los, por mais que me interessassem os lobinhos, foi quando um dos índios, o mais magro e o que mais tremia com a malária, ofereceu-me também dois potes de leite condensado para vender, que retirou com grande pena do bolso de sua calça.

Já viram um índio mais malandro? De onde ele poderia ter tirado aqueles potes de leite? De um engenho, com certeza. Estes índios de Salta, em todos os outonos, vão trabalhar nos engenhos de açúcar de Tucumán. Ali aprendem muitas coisas. E entre as coisas que aprendem, aprendem a ver como é bom o leite quando seus filhos estão doentes do estômago.

O índio que era dono dos potes de leite condensado era certamente um pai de família. E pensou muito acertadamente que eu compraria os potes para criar os guarazinhos. E o diabo do índio acertou, porque eu, entusiasmado com os filhotinhos, que comprei por um peso os três, paguei dez pesos por dois potes de leite. E ainda paguei um pacote de tabaco e um retrato de meu tio, que vi pregado na barraca. Até hoje não sei que utilidade pode ter tido para ele esse retrato do meu tio. Criei então os filhotes de guará, o grande lobo do Chaco, como também é chamado.

O guará é realmente um lobo altíssimo e magro que tem toda a aparência de lobo. Não há, em toda a selva sul--americana um animal mais arisco e ligeiro para correr. Tem a particularidade de caminhar movendo ao mesmo tempo as patas do mesmo lado, igual à girafa. Quer dizer, exatamente o contrário do cachorro, do cavalo e da maioria dos animais, que caminham levando à frente ao mesmo tempo as patas alternadas e cruzadas.

No campo, entretanto, costuma-se ensinar aos cavalos um passo bem diferente, que se chama "passo andador". Este passo, que não cansa o cavaleiro e é muito veloz, consiste em levar à frente, ao mesmo tempo, as patas do mesmo lado, como a girafa e o lobo-guará.

No nosso zoológico, atrás do pavilhão das grandes feiras havia, tempos atrás, um lobo-guará que andava sempre de um lado para o outro, com seu passo fantástico. Acho que morreu pouco tempo após ter sido trancado, como morrem todos os guarás a quem se priva de sua liberdade.

E eu também perdi os meus guarazinhos: mas não de tristeza — pobrezinhos! — e sim pela má alimentação. Eu dava a eles leite morno a cada três horas, abrigava-os de noite e esfregava os seus corpinhos com uma escova para substituir a língua das mães que lambem os filhotes por horas e horas.

Fiz tudo o que pode fazer um homem sozinho e desprovido de recursos para criar três feras recém-nascidas.

Durante duas semanas, e enquanto durou o leite condensado, não houve novidade alguma. No sétimo dia os filhotinhos já caminhavam, mesmo que um pouco de lado ainda. Seus olhos eram de um azul cinzento e apático. Olhavam com grande atenção as coisas, apesar de parecerem mal enxergar. E quando uma mosca pousava diante deles, bufavam de susto, recuando.

Como eu para eles era sua mãe, eles me seguiam por toda parte, grudados nas minhas botas, o que me obrigava a ter grande cuidado para não pisá-los. Tomavam nas minhas mãos a mamadeira que montei para eles, com um recipiente de tomar mate e um trapinho enrolado.

Nunca ficavam mais à vontade comigo do que na hora de mamar. Mas no dia em que, prevendo a falta de leite, eu lhes dei um pedacinho de carne de peru para ir acostumando os guarazinhos à mudança na alimentação, nesse dia eu não reconheci meus filhos.

Foi só cheirarem a carne na minha mão para se agitarem como loucos, procurando-a desesperadamente entre meus dedos, e quando eu já havia dado a cada um seu naco de ave, afastaram-se cada um para o seu lado com a cabeça baixa, para esconderem-se no pasto e devorarem sua presa.

Eu os segui um por um para ver como faziam. Mas ao sentirem minha presença, eriçaram o pelo, tornando-se uma bolinha raivosa que me mostrava os dentes. Eles já começavam a ser feras.

Não reconheciam nem gostavam de ninguém no mundo além de mim. Tomavam a mamadeira nas minhas mãos, grunhindo imperceptivelmente de satisfação. E havia bastado um pedaço de carne para despertar neles bruscamente sua condição de feras selvagens e caçadoras, que defendem ferozmente sua presa. Mesmo diante de mim, que os havia criado e era a mãe para eles.

Ao terminar o segundo pote de leite, eu supus que meus três guarazinhos deveriam encontrar-se já acostumados à alimentação carnívora, único alimento que eu poderia conseguir-lhes daí por diante. Mas não foi assim. Ao retirar deles o leite, eles se abateram de repente. Os três começaram a sofrer desarranjos intestinais que não os deixavam nem descansar. Estavam com o corpo bem quente e saíam da caixa cambaleando e com o pelo eriçado.

Quando eu assobiava para eles, viravam lentamente a cabeça para todos os lados, sem conseguirem me enxergar. Tinham já no olhar um aspecto leitoso, como os animais ou mesmo as pessoas em agonia. Os desarranjos nos intestinos foram ficando cada vez mais contínuos até que numa manhã os três guarazinhos amanheceram mortos, em sua caixinha, e já cobertos de formigas.

Esta é, meninos, a curta história dos três lobinhos selvagens privados de sua mãe desde o nascimento, a quem um homem desprovido de todos os recursos fez o possível para prolongar a vida. Muitas vezes, lá em Buenos Aires, ao passar diante das leiterias baratas, eu me lembro daqueles pobres filhotes de peito, envenenados pela alimentação carnívora.

Lembrem-se disso também, meus filhos. Não criem animais se vocês não puderem dar a eles a mesma alimentação que teriam junto à sua mãe. Muito mais que por fraqueza, morrem os filhotes por excesso de comida. As indigestões de farinha de milho já mataram mais rolinhas do que a fome mais atroz.

Roubar um animalzinho de seu ninho para criá-lo por diversão, por brincadeira, sabendo que fatalmente ele irá morrer, é um assassinato que os próprios pais às vezes acabam mostrando a seus filhos. Não façam isso, nunca, meus meninos.

O condor

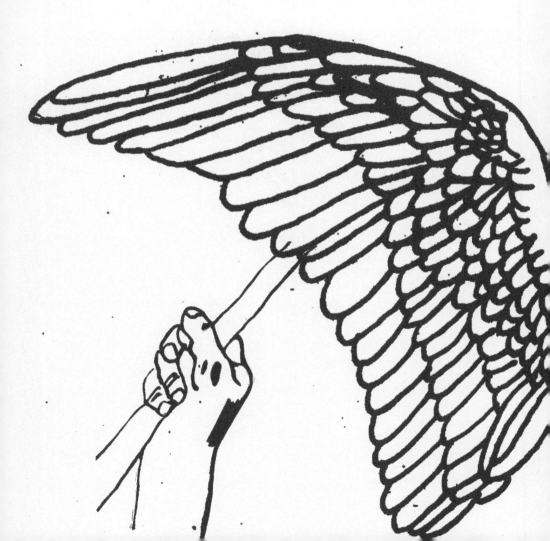

Meninos:

O que eu contei a vocês na minha carta anterior, sobre os lobinhos que eu quis criar e não consegui, esteve a ponto de se repetir ontem mesmo, aqui, sobre o Lago Nahuel Huapi. O que eu quis criar desta vez foram três filhotes de condor. Eu os havia visto dias atrás na rachadura de uma montanha que desce até o lago, formando uma lisa parede de pedra de 50 metros de altura. Essa escarpa, que é como se chamam essas altíssimas muralhas perpendiculares, faz parte da cordilheira dos Andes. No meio da escarpa existe uma grande rachadura em forma de caverna. E na beira dessa rachadura eu havia visto três filhotes de condor tomando sol, mexendo-se sem parar para frente e para trás.

Vocês sabem, porque eu já contei para vocês, que atualmente não há condores no nosso Jardim Zoológico. Parece mentira, mas é isso mesmo. Os que havia, morreram de reumatismo e outras doenças devido à falta de exercício. E por mais que tenham tentado no zoológico, não conseguiram mais condores.

Ao ver aqueles três filhotes com sua pelagem cinza, tomando juntos aquele sol moribundo, desejei caçá-los vivos para oferecê-los a Onelli. Os filhotes de aves carnívoras como os anus e os condores podem ser criados com facilidade em cativeiro.

Mas como caçá-los, meninos? Era impossível subir naquela negra e fantástica muralha de pedra, sem nenhuma saliência onde botar o pé. Já estava quase perdendo as esperanças de possuir os pequenos condores quando um rapaz chileno, criado entre precipícios e cumes de montanha, ofereceu-se para capturá-los vivos, desde que eu e meus companheiros o ajudássemos.

O plano do rapaz era tão arriscado quanto simples. Consistia em amarrar uma corda na cintura e descer lá do alto do abismo até o ninho dos condores. Nós iríamos soltando a corda até que o rapaz alcançasse a fenda. Então capturaria os filhotes que, certamente, machucariam suas mãos com as garras, e depois de colocá-los numa sacola que levaria pendurada no pescoço, daria três puxões na corda para avisar-nos de que estava tudo pronto.

Como veem, garotos, o plano não poderia ser mais simples. Com um caçador de cordilheira como ele, não era preciso temer enjoo ou vertigem. Corríamos ainda — e muito — o risco de que os condores pais voltassem antes da hora ao seu ninho.

Nós tínhamos notado que o casal de condores partia sempre ao meio-dia, para voltar ao cair da tarde. Certamente iam até bem longe para buscar alimento a seus filhos. Mas se começássemos a captura cedo, não havia o perigo de nos surpreenderem.

E assim fizemos. Às duas da tarde de um dia nublado (ontem mesmo, garotos! Que longo parece o tempo quando se sofre uma desgraça!); às duas, então, amarramos a corda na cintura do rapaz, colocando-lhe nas costas a sacola para colocar dentro os filhotes de condor. Às duas e dez soltamos todo o primeiro metro de corda e o chileno ficou suspenso sobre o abismo.

Esta manobra, contada assim, parece rápida e fácil, mas nós, que estávamos lá em cima soltando a corda pouco a pouco, enquanto o rapaz se balançava sobre quinhentos metros de vazio, aquilo nos parecia horrivelmente lento e demorado.

Cem... duzentos... duzentos e cinquenta metros... De repente, a súbita frouxidão da corda nos fez perceber que o chileno tinha por fim chegado à fenda. E a tarde, muito nublada, começava a escurecer. O tempo também tinha mudado. Subitamente, um grande frio se abateu sobre nós enquanto os altos picos da cordilheira desapareciam sob uma grande tempestade de neve.

Um de nós gritou de repente:

— Os condores! Os condores!

Realmente; ainda pequenos, já era possível ver no céu branco dois pontinhos escuros que aumentavam velozmente de tamanho. Eram os grandes condores que voltavam mais cedo ao ninho ante a iminente tempestade de neve.

A situação era terrível para o pobre chileno. Que destino ele teria?

Outro de nós gritou com todas as suas forças:

— Rápido! A corda! Se dentro de dez minutos não tivermos recolhido toda a corda, o rapaz estará perdido!

Como loucos, começamos todos a recolher a corda.

Meninos, eu nunca tinha visto em toda minha vida posição mais desesperada, nem ser humano ameaçado por uma morte mais atroz. O rapaz poderia se defender um pouco com sua faca, mas sem contar com as terríveis picadas dos condores que acabariam destroçando-o, tampouco poderia resistir aos tremendos golpes de asas.

E enquanto puxávamos e puxávamos a corda com fúria, chegou a nossos ouvidos o assobio do ar cortado pelas imensas asas dos condores. Os dois condores tinham já ouvido também o grasnar de seus filhotes, presos na sacola. Ambos lançaram-se como flechas sobre o caçador e já estando em cima dele, com um golpe de asa desviaram bruscamente o voo. O primeiro condor atingiu assim o rapaz com a ponta de suas potentes asas, enquanto o segundo o atingia em cheio, atirando-o ao vazio com um terrível golpe de asa.

Eu e mais alguns outros tínhamos deitado de bruços sobre a borda do abismo, desesperados para poder salvar o desgraçado. E vimos a infeliz criatura sacudida, golpeada, rodando sobre si mesma na ponta de sua corda, enquanto os condores, com seus olhos injetados de fúria, rodavam sem parar em torno, com seus terríveis golpes de asa.

O infeliz rapaz, com os braços pensos e a cabeça caída, tinha perdido a consciência. E nós puxávamos a corda, ai!, muito lentamente.

— Mais rápido, pelo amor de Deus! — gritava soluçando o irmão do pobre rapaz. — Faltam só cem metros! Oitenta! Faltam cinquenta e nada mais! Força, pelo amor de Deus!

Ai, meninos! Nem pelo amor de Deus pudemos salvar a pobre criatura. Diante da ameaça de que o ladrão de seus filhos pudesse fugir, e diante de nossos próprios olhos, os condores precipitaram-se sobre a vítima e por um instante pudemos ver suas garras, vermelhas de sangue, cravadas na infeliz criatura, enquanto seus bicos de aço se erguiam e voltavam a enterrar-se no seu ventre com a força de uma marreta.

Alguns de nós, que não estavam vendo nada, ainda gritaram:

— Ânimo! Faltam só dez metros! Agora! Já está quase aqui!...

Pobre chileno! Sim, já estava aqui! Mas o que estava em nossas mãos, amarrado ainda com a corda na cintura, era só um cadáver destroçado de um rapaz corajoso.

O CONDOR

Mas ele não era o único morto.

Dentro da sacola pendurada a seu pescoço estavam também mortos a bicadas os três filhotes de condor. As gatas, as leoas e muitos outros animais matam às vezes as suas crias quando estas foram tocadas pelo homem.

Triste destino, na verdade, o dos condores, meninos, pois se nós tínhamos perdido um heroico caçador, eles, os condores, tinham perdido o ano, seu ninho e seus três filhos, sacrificados por eles mesmos.

A caçada do gambá da Patagônia

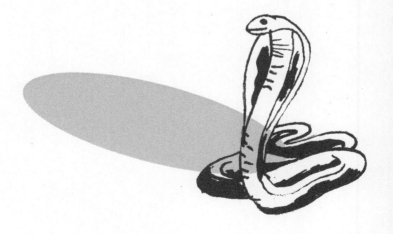

Meninos:

Um dos animais selvagens mais bonitos da Argentina e do Uruguai é uma raposinha de cor negra e sedosa, com uma longa faixa prateada ao longo do corpo. Tem também uma magnífica cauda de longos e nodosos pelos, que se levanta como um espanador.

Essa raposinha, ao invés de caminhar, move-se de um lado a outro com um galopinho curto cheio de graça. É mansinha e quando avista uma pessoa nem pensa em fugir. Tem uma graça nos movimentos de causar inveja até mesmo a um esquilo, um dos poucos animaizinhos do mundo que pode dar mais vontade de acarinhar.

Mas quem coloca a mão em cima dessa belíssima criatura, garotos, não repete nunca mais na vida o gesto.

Uma vez, na província de Paysandú, na República Oriental do Uruguai, fui testemunha dos maus momentos que essa linda raposinha deu a um jovem inglês recém-chegado à América.

Vocês sabem, garotos, que nós, na região do rio da Prata, usamos sempre os ingleses nas piadas baseadas em erros de língua. Os ingleses em geral não têm a nossa tonta vergonha de não querer falar um idioma porque o pronunciamos mal. Eles sentem vergonha é de não fazer o possível para aprender logo a língua do país onde vivem. Por isso é que cometem no começo tantos erros de pronúncia, que nos fazem rir, e que muitas vezes nós provocamos só por malícia.

Eu vi, pois, um jovem inglês, a propósito do lindo bichinho de que estamos falando, cometer o mais grave erro que seria possível cometer.

Eu havia chegado há dez dias a uma estância solitária colonizada por uma antiga família amiga que, como todos os antigos, gostava de enrolar os estrangeiros recém-chegados.

No décimo dia de minha estadia chegou um inglesinho com ânimo para aprender os costumes do campo. Não sabia quase nada de espanhol, mas tinha todo o entusiasmo para aprendê-lo. Fazia perguntas sobre tudo o que via e repetia tão mal as palavras que todos, inclusive ele, ríamos muito de seus absurdos.

Os velhos da estância ensinaram a ele algumas palavras trocadas. Ensinaram a ele que "quente" se dizia "frio" e que "bom" queria dizer "mau". E daí vinha a história.

O inglesinho levava com ele um cão fox terrier que, como vocês sabem, são caçadores de ratos, lobos e doninhas e de tudo quanto é bicho que vive entocado. Esse cãozinho branco era o único que restava dos quatro que no ano anterior ele tinha levado à Índia. Os outros três tinham morrido por quererem brincar com as terríveis cobras da Índia, chamadas cobras naja. Os cães fox terrier que vão pela primeira vez à Índia pensam que as najas são minhocas, por isso as mordem pelo rabo. As cobras se viram então e, em meia hora, os cãezinhos não voltam nunca mais a perseguir minhocas, porque já terão morrido.

Uma noite, então, em que havia uma lua magnífica, o cachorrinho do inglês saiu para passear pelo campo, em busca de caça, enquanto nós ficamos na sala tomando mate. O inglesinho, tão zeloso em se adaptar aos costumes do país como em aprender seu idioma, tomava mate a toda hora, sempre queimando a língua e chupando como um louco a bombilha, como se quisesse engoli-la.

Terminada nossa conversa, nos recolhemos a nossos quartos. Já fazia tempo que dormíamos ao frescor da noite, quando fomos acordados pelos atormentadores uivos do fox terrier. Os cachorros da estância lutavam também, mas de um modo diferente: eles toureavam, como se diz. Mas o cachorrinho inglês uivava como um condenado.

Mal tínhamos tido tempo de sair à janela, quando vimos o inglesinho correndo de pijama à luz da lua e logo se abaixando para pegar alguma coisa no chão. Mas com a mesma rapidez com que nós o vimos saindo para proteger seu cachorro, também o vimos voltando, a toda, agarrando a cabeça com as mãos.

— O que você tem, Mister Dougald? — perguntamos ansiosos. — O que aconteceu com você?

— Meu cachorro... — respondeu gemendo.

— O que tem o seu cachorro? — prosseguimos nós, supondo que uma grande desgraça teria acontecido com ele.

— Bom cheiro! Oh, um cheiro muito bom!

— Cheiro bom? — dissemos então, estranhando. — O que pode ter um cheiro tão bom? O senhor não estará enganado, Mister Dougald?

— Não, não! — respondeu fazendo horríveis caretas. — Bom, cheiro muito bom! Pobre cãozinho!

Nós não nos lembrávamos mais das palavras trocadas que ensinamos a ele e estávamos já dispostos a acreditar que o jovem inglês havia enlouquecido com o sereno, foi quando chegou também, contorcendo-se e uivando, o cãozinho tão perfumado.

Ao vê-lo chegar, o dono correu também para trancar-se no quarto, como se o cachorro fosse o próprio demônio; enquanto o fox terrier, ao passar, nos empesteava com seu cheiro insuportável; o cheiro sufocante, amoniacal e enjoativo que expele o gambá da Patagônia.

— Ah! — dissemos, tampando o nariz. — Ao invés de dizer mau cheiro, o inglês disse que o cheiro era bom!

Nós é que havíamos ensinado assim, a culpa era nossa. E o perfume era tal que quase tinha queimado os olhos do inglesinho, quando ele quis levantar do chão o seu cheiroso bichinho.

Pois é, meninos. Era um gambá, nada mais nada menos, quem tinha perfumado o inglês e o seu cachorro. Vocês se lembram do cheiro forte das doninhas, raposas e leões que moram no nosso zoológico? Ao passar na frente de uma dessas jaulas, já se reconhece pelo fedor que o animal que mora nelas é uma fera carnívora. Os animais carnívoros exalam todos um cheiro de amoníaco muito forte.

Mas o fedor de nenhum desses se compara ao que exala o gambá. É, como nós já dissemos, um fedor de virar a cabeça. Não dá para dizer nada mais expressivo que isso. O homem que receber essa terrível descarga no rosto, com certeza cairá desmaiado. Pode até morrer por asfixia, se o líquido penetrar no nariz. Há até casos de cegueira, porque o cáustico líquido atingiu os olhos da vítima. E o gambá da Patagônia, esse lindíssimo animalzinho, que tem a potência de uma descarga de artilharia, era a coisinha linda que o inglês tinha querido levantar atrás do curral.

90

Quando o gambá se sente perseguido, detém sua marcha e se prepara para a luta. Ele não tem outra arma além de sua descarga nauseante. Mas, que arma, meus filhos! Se aquele que se aproxima do gambá é um homem ou um animal que nunca o viu antes, o gambá da Patagônia deixa que eles se aproximem, até estarem a dois ou três metros de distância. Dá uma voltinha, mostra a anca para seu inimigo, ergue a cauda como um espanador... e faz sua descarga.

E dá a descarga para trás, como os leões. E é só isso, basta. Os homens que recebem o líquido gritam enlouquecidos, os cães se contorcem ganindo. E o gambazinho, contente e satisfeito da vida, retoma, à luz da lua, o passeio com seu trotezinho curto.

Mas nem sempre é dia de festa para o gambá. Há homens que o reconhecem à distância e cães que, tendo recebido alguma vez uma rápida fuçada, aprendem a caçá-los. E digo uma rápida fuçada, meninos, porque se um cachorro, por mais bravo que seja, chega a receber uma dessas descargas na cara, não volta mais por nada no mundo a perseguir os gambás.

Os cachorros da estância conheciam muito bem o seu inimigo. E daí a tourada dessa noite, enquanto o cãozinho branco se lançava sobre aquele manso animalzinho.

Assim, pois, saímos todos das casas, menos o inglesinho, para ver a luta dos cachorros com o gambá.

Sob a luz da lua víamos bem o gambá com sua listra de pelo prateado no meio das costas e sua grande cauda levantada. Os cães giravam em torno dele, latindo como desesperados, enquanto o gambá virava sua anca aos mais avançados, pronto para lançar sua descarga quando algum deles se aproximasse.

Mas a tática dos cães consiste exatamente em marcar seu inimigo girando sem parar e fazendo falsas investidas para que o gambá se engane e descarregue seu jorrinho no ar.

Foi isso que aconteceu nessa noite. De tanto girar e girar, diminuindo cada vez mais o círculo, um cachorro pegou no pescoço do gambá, jogando-o para cima. E quando ele caiu, os cinco cachorros já estavam sobre ele, destroçando-o.

Pelo inglesinho, que partiu da estância um mês depois, tivemos por um longo tempo notícias do gambá da Patagônia.

"Já faz um ano — nos dizia ele numa carta — que lavo o lenço com o qual limpei minhas mãos naquela noite. E por mais sabão que eu coloque, não consigo tirar o fedor do gambá. Guardo o lenço como uma lembrança boa do mês que passei com vocês e do cheiro 'tão bom do gambá, como vocês me ensinaram a dizer, com tanta amabilidade."

OUTROS TÍTULOS DESTA EDITORA

AS AVENTURAS DE PINÓQUIO
Carlo Collodi

CLÁSSICOS DO SOBRENATURAL
Vários autores

CONTOS E FÁBULAS
Charles Perrault

CONTOS DE FADAS
Irmãos Grimm

HISTÓRIAS ALEGRES
Carlo Collodi

DESCUBRA O TERROR CÓSMICO DE
H.P. LOVECRAFT

À procura de Kadath

A cor que caiu do céu

Dagon

O horror em Red Hook

O horror sobrenatural na literatura

A maldição de Sarnath

Nas montanhas da loucura

CADASTRO
ILUMI*N*URAS

Para receber informações
sobre nossos lançamentos e
promoções envie e-mail para:

cadastro@iluminuras.com.br

A Iluminuras dedica suas publicações à memória
de sua sócia Beatriz Costa [1957-2020] e a de seu
pai Alcides Jorge Costa [1925-2016].